死者と月

関根全宏

事物はゆっくりとカーブを描きながら
視界から消えていく。あとには
その曲線だけが
残っている。

――リチャード・ブローティガン

死者と月　目次

I

Ⅱ

Ⅲ

Ⅳ

死者と月

I

停留所にて

牡丹雪が降る朝
女は瞳を濡らし
老婆は腰を曲げ
犬は白い息を吐く

車内にぽつんとある
五つの頭
そのうちの一つが
こちらを向いた

けれど私は気にも留めず
濡れた窓に指でまるを描いた

そしてそのまるの中で
過去が点になっていった
死ぬわけではあるまいし　と
まるが動いた　気がした

待合室

待合室に聞こえてくる
歯を削る音に
私の歯が疼き
左手で頬を覆った

そのうち
前に座る男の耳が
内臓に見え
次第に黒い異臭を放ち
朽ち果てた

ああ

これが生の証か

ふと気づくと
女が私の名前を
呼んでいた

焚火

水の音と虫の音が
遠くから聞こえていた
残りわずかな火が
おわりに向かって燃えていた

星が点々としていた
私はその粒より小さかった
だからもはや手のひらに
祈りなど必要なかった

身を起こすと
赤い炭が消えてなくなり

暗い闇が降りていた
水を一口　小さな異物が胃に落ちる
そして私は瞼を閉じる
下弦の月がいつまでも白く浮かんでいた

ひと知れぬ

ひと知れぬ涙が
お前の背中を震わせる
ひと知れぬ思ひが
お前の口許を歪ませる

それでもなほ
闇夜に浮かぶ月の明かりが
稲穂の影をほのかに揺らす

駅舎にはまた孤独者がひとり
姿を見せては消えてゆく
あゝ　ひと知れぬ思ひを胸に

ひとびとはひとり亡骸となる

闇夜に聞こえるかの遠き汽笛が
またひとつの死を告げる
それもまたひと知れぬ

風旅

内気な風は旅好きである
朝になれば夜明けの鳥の後を追い
とぼとぼと穀物を運ぶ農夫があれば
そっと寄り添い野路《のみち》を進む

空高く陽が昇るころには
ふわっととんで舞い上がり
波間にたゆたう小舟のように
銀色の空に息をつく

夕暮れ時　重たい樫の扉の前に
悲しみに暮れる女があれば

新しい風景をそっと差し出し

そのかわりに　まことの言葉を受け取り
月のぼる頃には　もとの寝床に帰っていく
その姿のなんと誇らしげなことか

ふるえる

おまえの視線が囲炉裏におち
熱にふるえ　おれを凝視める
二匹の山女魚がじっと焼かれ
哀しみにおれはふるえる

あらゆる辛苦の結果
おまえはこの世の言葉を失い
おれをおれとも認めなくなり
遥より彼方　無の世界にいってしまった

そんなおまえを凝視められず
おれも視線を囲炉裏におとす

火の中でなら　ふたり　おれとおまえは
亦　見つめあうことができるだろうか

あゝ　鴉も鳴き　夜風も絶えた
いま　おれを呼ぶおまえの声が
耳元で戯れている

こもれび

陽の光がこぼれ落ち
銀色の粒が歩道にゆれる
その光は追憶の光
ゆらゆらと　まどろみへと誘う

眠りの奥底に積もる過去の時間
灰の骨　それが攪拌され
おまえは　惜別をはこぶ春風にのり
おれに触れ　おれのなかを通りぬける

だが　おまえの顔はみえない
ただ　膨らみ　萎み　いつかその時

いっさいの生の装飾を　剥ぎ取っていくのだ

そのとき　あの枝に佇む一羽の鳥は
死よ　おまえの姿を
捉えることができるのだろうか

逢瀬

澱みなき夕暮れに思い出す
おれはひとり酒を呑み
おまえはひとつ針をもち
おれの背中をじっと視ていた日のことを
否　おれの往く道に
懐かしさはいらない
ただ　もうすぐ
おまえの眠る暗がりで
おれの暗く凍れる魂は
時間の本性に出会い
おまえにおさな児のことを話し
いま歩いているこの道を

またひとり還るのだ
おれのなかにおまえが満ちて

夜魚月夜

波間に浮かぶ金色の月
夜道を照らすオレンヂ色の灯り
（サイレンが鳴る――）
膨らんだ身体がライトに照らされ
黒い半身の影が伸びては縮む
ここはまるで透明な海の底
あの緑色の灯りのむこうに
わたしはわたしの棲み処を望む
（サイレンが鳴る――）
わたしはわたし　永遠に薄い膜に包まれた
夜しか泳げない魚のわたし
けれどもいったい誰が

このわたしを
つかまえてくれるのだろうか

ブローティガンによせて

一九八四年　お前はいってしまった
　　――これまでいたところへ／行くだけなのだから
そう言い残し　書きかけの詩を放棄した
絶望の末に　お前が見たもの　それは

カリフォルニアの　暗い林のあの家で
ウイスキーを手にするお前を見つけ
顔のない敵から　ついに　懐かしい友となり
そっとお前に寄り添い　抱擁し　意気投合した
　　――わたしはどこへもいきはしない
　　　　これまでいたところへ／行くだけなのだから

そう言い残し　いきかけの途上で　お前はいってしまった
（遺体が発見された時には　歯型を調べるしかなかった）

おれは誓った　お前が夢見たバビロンを
ポケットにそっと忍ばせ　いつまでも握りしめると

II

熟れた桃

早稲田通りにある　六畳一間のアパートで
夜風に触れ　濡れた髪で
二階の窓から眺めていた
父にならずに出て行った　あの人の背中を

それが　あの人との夏の記憶
肉体が貸し出されたものならば
なぜわたしたちは　寄り添うのか
なぜ　あの人は　いってしまったのか

その思いを　わたしは一篇の詩にする
あなたでなければならなかった定めを知る

そのために　もう一篇　詩を書く

口の中に　あの日二人で啜った
冷たい桃の汁が　甘く広がる
いま　わたしがいて　言葉を綴る

夢の子

わたしの子どもは夢の子です
夢のなかで手足をのばし
だんだんふくらみ
内側からお腹をつついて
やがて産みおとされました

祝福したのは東雲の空
澄みきった一日のはじまり
それに　風　とおいところから
運ばれてくる　歓び

けれどもそれは夢の子です

声をかけても返事がなく
とおくで滲む雲のように
凍結した時間のなかで
ふるえ　ゆれているのです

墓碑銘

なんて遠いのだろう
あれは不意に訪れた
世界の終わりだった
それとも　何かの誤差だった
とはいえ　人ひとり死んでもなお
世界は何も解消などしなかった
あの宵闇に囀る鳥の命が
震える白熱灯の熱量とともに
私の記憶の中で　異音となった

あんなにも遠いのに
死はいかようにも

私を見つめるのだった
見つめられる私は
抵抗も執着もせず
あの密度の高い夏の夜の質量と
未だ和解することもできず
いつまでも　小さな墓碑銘の
ざらついた黒い表面を見つめ
存在しない形式について考えている
ただの異物である

金色の月が——ディキンソンによせて

金色の月が闇夜に浮かぶ
この広大な内陸には
勝利も　華美な装飾も
偽りの過剰さも　ありません——

自然のやさしい威厳に
沈黙のことばを与え
死ぬことの証明に
実質のかたちを与える——

肉体も魂も　所有されることを拒み
ただ　自由だけは奪われまいと

祈り　祈る　その刹那が
散るほどに儚くとも――

太鼓の音が遠くに響く
純白の天使がランプを灯す
斜めのことばに　永遠が宿り
わたしは黙って　消えていく――

わたしを探して

冬の木立を歩いている
木立の中を歩いていると
光に音が吸い込まれ
人影が二つ　木陰に浮かぶ

彼らは優雅に球で戯れ
私は　冷気で白む息に
影でもないわたしを感じ
なおひとり　歩いてゆく

歩いていると先が開け
外から音が　漏れてくる

何処へ　など知る筈もなく
ただ　躰の重みを僅かに感じ

誰でもないわたしは
私を引きずり
歩いてゆく

見棄てられた手

小さくなったその躰は
奪われた言葉のかわりに
窮屈な四肢を動かした
無関心な一匹の蟲の
羽音を掻き消すように
私は　削ぎ落とされた手をさすり
あるはずの声を求めた

見棄てられたその手は
あなたのものではなかった
虚空を彷徨う澱んだ瞳が
せめて　認めてほしいと

祈り　ひと滴の涙に
これでもかと
命が満ちるのを見て
唾を吐いた

優しい光——カーヴァーにならって

美しい豊かな秋が終わり　僕は
冬のあいだずっと　崇高な気持ちになる

澄みきった大気　葉を落とした木々　寒そうに歩く人たち
いつもより　冷たい空気に心をおどらせ

生きている実感に包まれていく　そして
記憶の蓋をはずし　二十年前のことをよく思う

あの頃　存在していた多くのものは　今ではもう
過去のものとなり　二度と　とり戻すことができない

全てを放り投げて　あの頃に戻ることができたなら
彼らにどんな言葉をかけるだろうか　それは僕にも
分からないけど　決して感傷的になっているわけではない
彼女ならそのことを　よく分かってくれていると思う
明日もかわらず　明るく凛として　冬の
優しい光が　はつらつとした僕を待っている

春の余剰

わたしはいらない
どこまでも広がる
あの空の自由も
春の眩い余剰も
わたしはいらない
偽りの慰めは
ただひとり　には
似合わないから
それにきづかず
きづいていても
ふりをするのが
正しいのなら

いっそ間違ったままでいい
ほんとうは　を
知っているから
だから　この暗い眠りに
どこまでもひとり
堕ちていくわたしを
あなたが最後に
つかまえて　とも
わたしはいわない

哀歌

わたしの時間は
薄情にも
あなたを置き去りにして
遠くにわたしを
連れ去ってしまう
どこまでも
離され
遠く
遠い
あの夏を
何度も
繰り返し

いずれ
この命も
消えるときには
もういちどだけ
聞こえるだろうか
果てに　わたしを呼ぶ声を

車窓から

大きな川が流れている
遠くには霞んだ山
傍らには枯れた草木が

夕陽をうけ
橋の影が
落ちている

鳥がたち
川面にも
同じ空がある

遠くには霞んだ山
傍らには枯れた草木が

橋を渡ると
堆積した時間が
またひとつ層を重ねる

大きな川が流れていく
また同じ場所へ戻って行く
東京行きの高速バス

故郷を背に
ひとりわたしは
ひと知れず死んだ友の
時間をおもう

Ⅲ

夜の音

風が吹いて木がゆれる
葉が擦れて夜がふける
誰もいない道端に
ぽつんとひとつ　実が落ちた

夢うつつ　うす明かりのなか
願いをのみこもうと　目をとじる
もう　愛するひとはいない
雲はうっすら出ているだろうか

思い出されるのは
誰もいないキッチンの残りもの

それに　朝　戸口で
いつまでもぐずつく姿

遠くで鳥がひとつ鳴き
ぽつんとひとつ　また落ちる

夏の庭

夏の庭に
眩い光がそそいでいた
小さな虫が何かの死骸を
地面のひびをよけながら
庭の隅まで運んでいた

あなたがこっそり植えた種は
一度だけ小さな芽を出した
しかしそれは異物と思われ
知らぬ間に摘まれてしまった
小さなよろこびが
一つの善意に奪われ

拭い難いしこりが残った

あなたが死んでから
白く霞んだ庭を
粗い光の粒子の中を
小さな天使がいつまでも
同心円を描いて飛んでいる
音の無い世界
そこはわたしとあなたの
墓場である

十二月闇――北村太郎にならって

雨があがった闇を見ていた
点々とした小さな光が
濃い霧の中に浮かんでいた
台所に目をやった
湯気で部屋の湿度があがっていた
テレビがずっとついていた
本当のことなどどこにも映っていなかった
ぼんやりと詩集を開いて
詩を読んでいた
おわりの雪や
怒りの構造などいい詩だと思った
誰かに貰ったらしいお茶を飲みながら

葬式の場面から始まる映画を何篇か思い出した
喪服でとんかつを食べる人のことも思い出した
上の階からコツコツと物音がきこえてきた
去年は気にならなかったような気がした
墓地は寂しさが集まる賑やかな場所だと思った
雨があがった闇を見ていた
霧はいっこうに晴れそうになく
今も何も見えなかった

風が吹いている――山尾三省にならって

風が吹いている
風はどこにでも
吹いているが
深い真実に吹くことは
あまりない

私たちはほんとうは
ひとつだった
水のごとく　風として

流れ　流れ去り
流れ来る　億の

命の　ひとつだった

その風が
私になり
あなたになる

ならば　あなたは
流れ去り　また
流れ来るのか

風が吹いている
この墓の深い奥底には
真実の影がゆれている

手紙

姿を消した彼女から　届いた手紙がある
言葉も写真も色褪せていた　けれどもそれは
今にも滲み出ているものだった
今に滲み出ている　闇や影が

きらきらと輝くように　揺れていた
なぜだか僕は　どうしようもなく懐かしいと思った
自分のものでもないのに　自分は知らないのに
そこに綴られている言葉には　重みと救いがあった

言葉にならない感情の淀みと　切実さもあった
そして思った　誰かと　世界と　繋がろうと

していたのではない　そうではなく　必死に
自分と繋がろうと　していたのだと

そうやって　結果的に　不器用なりに
今に向かって
前に進んで
躓いていた

それを届けようと思った彼女の意志を
僕は　美しいと思った
誰かの意志を　美しいと思う
そのために人は生きているのだろうか

おわること

ひとつの世界を
おわらせること
命が
　　おわること

続いていたことが
そこでおしまいになる
　　おわりになる

はじめるために
　　それでも世界は
続いていく

死者の肖像

ぼくは今日も死者たちと眠る
一日中彼らと
他愛もないことをおしゃべりしたから
きっと
ぐっすり眠れるだろう

明日の朝の濃いコーヒーが
待ち遠しいよ

青さの中に

火葬場の煙突から
煙があがっている
うっすらと曲線を描き
水に溶け入る糸のように
ほどけ
漂っている

その空は
いつもきまって
青く
眩しく
ぼくはやけに

清々しい気分で
遠くを見る

そこに何かの答えが
あるわけではない
ただ
青さの中に
消えゆく白い跡が
残っているだけだった

そして今ぼくは死について

手に入れるということは
失うことだと知った
　もう二度と　戻ることはできない
　それ以前の自分にも

そうやって何かを切り捨て
またひとつ　失ったものをつみ重ねていく
　そして今ぼくは死について
　考えていた
　ほんの一瞬だけどね

一九九七年七月六日

きみが死んだ日
ぼくが灰になった日

日曜日

晴れた日曜日だというのに
君が死んだことを知り
あの日　洗濯機は音をたてて
急に黙りこんだ
シャツや靴下を濡らしたまま

他のことは覚えていない
ただ　その時はじめて
自分が異物であることを知った
その定めをなぞるように
今　また一篇の詩を書いた

季節は夏
躰が重い
冷たい桃には
齧った跡が残っていた

IV

残り

あの日の夜、家に帰った僕を出迎えてくれたのは
君ひとりだけだった。僕は心のどこかで
それを予想していた気もするけれど、
いざ、君を目の前にすると
僕の言葉は、もはや使い物にならなかった。

それから仕方なく、冷めたチキンを食べた。
何の味もしなかった。
だから、力まかせに黙って食べた。
ただの塊でしかなかった。

何かが不足していたのだろうか。

それとも過剰だったのか。
ただ、異物が君のからだの中に残り
確かに僕の一部にもなり、僕らはそれを
月にして夜空に浮かべ、抱擁することを誓った。

東北の港町

僕らは何を話すわけでもなく、港町の小さな浜辺で
海を眺めていた。八月の青空の下、目の前にある海は
銀色に揺れていた。その煌めきを眺めながら
僕は今までのことを思い返した。

彼女がこの町で過ごしていた時、僕はずっと遠くにいた。
誰かと一緒にいても、僕はいつも独りだった。

僕は考える。これまで僕が辿ってきた場所と時間は
もう二度と取り戻すことができないけれど、

それは、失われたものであるなら、僕の手の中に永遠にあるに違いないと。

彼女がこの町で過ごしていた時、僕はずっと遠くにいた。
彼女は時折、足で砂をいじっては、沖を見つめる。

近くには死んだ魚、魚の死骸が——。
もうすぐ午前十時になるところだった。

夜を乗り越えて

カラスが屋根の上をコツコツと歩く音で
僕は目を覚ました　朝はまだ早い
外が少し白みはじめた
誰もいないリビングの大きな窓
カゴにあるグレープフルーツ
秒針のない時計
昨夜食べた味のないチキン
ナイフとフォーク
沈黙

月はまだ出ているだろうか
コーヒーを手に　僕はぼんやりと考える

これまでの人生に　どれほどの間違いが
あっただろうか　もちろん　後悔することはあった
けれども　もし　もう一度この人生を
やり直すことができるとしたら
僕は　同じ場所にいるのだろうか
多分　確率は五分五分だ
でもまあいいさ　どこにいたって
こうして夜を乗り越えていくだけだ

冷蔵庫が低く唸り　氷が落ちる
鼻から息を吸い　ゆっくり吐きだす
新聞配達のバイクが　十字路で
いつも通り　朝七時のクラクションを一度だけ鳴らす
僕は知っている　それが一日のはじまりを告げる
一人分の孤独の合図だということを

アウトサイダー

煌々とした街のなかで
僕がいるところだけが
膜で覆われている
いつどこにいたって
そうなんだ
僕は常に内側にいる

外側ではいつも
僕の知らない人たちが喋っている
車が行き交う
遠くから電車の音が聞こえる
落ち葉が擦れる

道路工事の光が眩しい

内側からは声がきこえる
でも　僕の周りにある空気は震えない
あなたが死んだとき
僕らが抱擁した感覚が
今でもこの皮膚に残っている
表面張力が破られ
横隔膜を震わせ
拳を握ったあの感覚も

また　落ち葉が擦れる
僕らはみんな
目的をもって動いている
僕は今日も
明かりが消えた家に戻る

新築九区画

キャベツ畑の向こう側に
新しく建った家が見える
テニスコートほどの裏手には
裸の木がきれいに立ち並んでいる

その先にあった古いアパートは
つい先日取り壊され
一瞬で更地になった
思いのほか大きなアパートだった

重い荷物を持ち直しながら
ぼくは彼女にそのことを話した

彼女はただ頷き
石ころを蹴飛ばすと
それは不規則に飛び跳ね
側溝に堕ちていった

それはぼくたちふたりの命のようだった
一年前の今日
彼女の涙に祝福された命
やわらかい線を描きながら
ふわふわと飛んで消えていった
風船のような異物

キャベツ畑の向こう側に
新しく九軒の家が建った
彼女はまだ見ていなかった
その新しい住人を

その先にあったアパートの跡地を

死者の陰影

大の字に寝そべり
窓の外を眺める
すぐ隣の家の屋根がみえる
その裏側がみえる
薄汚れた雨樋と骨
その向こう側
遥か上空で
うすい雲がゆっくり流れる
家にはわたしひとり
呼び声に耳をすませ
あなたをインストールする
そのまま目をとじ

死者の陰影が
わたしに満ちる
果実がひとつ
死とともに横たわる

月明かり――石原吉郎によせて

ぼくが忘れてきた男は
月の傾きなど
気にもとめなかった
月明かりは　いっこうに
かなしくなどなかった
かなしくなる予兆など
あるはずもなかった
青春の遺骨を
胸に抱き
おのれの胸に
死者を葬った

いまや月明かりは
ぼくらの眠りをてらす
闇に月が点り
月が燭を点ずる
影がゆれ
月が傾く
影が左右にあるかぎりは
儀式はおわらない
こののちも
ぼくらにまといつづけるのは
月明かりなのだ
怒りにすら到らぬ
月明かりなのだ

空き瓶

死んだきみのことを思い　生ぬるい空気の中
ぼくは気を紛らわせようと　外に出た
夜風にあたると　鬱屈した気持ちが晴れる気がした

隣の家に立ち並ぶ大きな木は　夜には存在感を増し
じっとぼくの方を見ていた
根は堆積する時間の奥底から水を吸い上げ
枝は広大な空にむかって葉をつけ落とす
その反復
その間に　どれだけの命が行き交うのか
胡蝶蘭が育てられている大きな温室の裏手に
竹林が鬱蒼と生い茂る

斜め向かいの家の二階には
まだ灯りがあった
地下で水が流れる音がした
隣の古いアパートには
猫が何匹も棲みついている
今は一匹も姿が見えなかった
すぐ側にはまた新しい家が建つ
区画も歩道も整備され
木材が積まれていた
その更新
道端に供えられていた花
あの小さな空き瓶は
いつの間にか　なくなっていた

夜風はぬるい
空には薄い月が浮かんでいる

爪のようだね
というきみの声が聞こえた

異国のコインランドリー

アンディは読み書きができなかった
一緒に住み始めたときも
けれども流暢に話すことはできた
彼がいつ祖国から逃れてきたのか
　　話してくれたけど覚えていない

彼は同じカジノで何年も働き続け
ある日突然　颯爽と街を出ていった
新しい家族のもとに行くんだって
それからどうなったのか分からないけれど
　　たまに思い出すんだ

晴れた夏の日のコインランドリーで
洗濯機がまわるあいだ
二十五セント硬貨を弄びながら
彼が話してくれた
　ひと泡吹かせて逃げる奴の話を

間《あわい》

墓穴に入ることは　わびしい
あなたとの記憶
死体に刻まれたかすり傷のような
記憶の擦れが
開かれた墓穴の入口のまえで
ひりひり疼く

私があなたを弔う
あるいはあなたが私を
弔いは返される
風は断えた
深みが増す

たちつくすひとつの影が
地におちる
痛みにゆれ
骨がきしむ
ひき返すすべはない
もどる場所もない

この墓石のしたの薄明のなかで
死者と賑わおうとも
生きるものの涙の
ひと雫の波紋が
暗い眠りのなかでゆれようとも
ただ待つだけだ
閉じられた入口が
ふたたび開かれるのを
ざらついた暗い空と

さらに暗い空との間《あわい》で
強いられる忘却のなか
落日をかぞえながら

補遺

　およそ人が生きているうちに直面する事態のうち最も重大なものは、〈死〉をめぐるものである。〈死〉は必然であり、普遍である。命あるものに平等に訪れる。ときに瞬時に訪れる。そして永遠に失われる。水のように流れ去り、消えてなくなってしまう。音も消える。それでも世界は何事もなかったかのように穏やかに続いていく。

　続いていくその世界とは、遺された者の世界である。遺された者は、死者がかつて生きていた世界の続きを生きていかなければいけない。死者が見ることのできなかった世界を生き続けなければいけない。遺された者の心の中で、記憶の中で、死者が生き続けるのではない。そうではなく、遺された者が、死者の翳りの中を、それなりにじっと耐えて生きていくほかないのだ。

　その世界は、陰影の世界である。実在が影となる世界である。

　そこには、かつて生きていた者が残す影がある。おぼろげに浮かび上がる影がある。影と実在とがあい接し、響き重なりあう。そして、望むべくは抱擁し、和解する。

明かりが翳り、闇が覆う。
やがてその闇に、月影が浮かぶ。
その明かりが、また別の影をつくる。
影のなかに影ができる。
影のさきに影ができ、幾重にも続いていく。
死者の陰影と、生者の陰影と。
かつて生きていた者と、それでも生きていく者と。
両者が抱く惜別の情と、別れの際の抒情と。
かなしみと、よろこびと。
弔いと、救いと、祈りと。
骨と、果実と——。

〈いまここ〉と〈かつてあの〉を往還してそれを素描する。そこにはなんの矛盾も嘘もない。

月はいつでも、死者がかつて見ていた太陽に静かに照らされている。今日の月も、あの日の太陽に続いている。

あとがき

本詩集は、二〇一三年から二〇二三年の間に、詩誌『立彩』に発表したものを拾遺的に集めた第一詩集です。詩集にまとめるにあたり、タイトルも含め、一部加筆修正を施したものもあります。また、『立彩』での発表に先立って、「あさひてらす詩のてらす」（朝日出版社ウェブマガジン）に掲載されたものもあります。その際には、当サイトの世話人である千石英世氏、平石貴樹氏、渡辺信二氏には講評を頂き、それもあわせてサイトに掲載されています。この場をお借りして三氏には心から厚く御礼を申しあげます。

詩誌『立彩』が創刊されたのは二〇一二年四月、私が大学院生の時でした。渡辺信二先生はその発起人でもあります。目指したのはソネットです。創刊号には、あどけない美しさがあり、予感と火影があり、ひとひらの勇気と奴隷劇団があり、風との婚姻と八月の底があり、目の前にいると逆さまになるがあり、宝石職人の唄と田園にてがあり、グレープフルーツの木と都会の月があり、手押し車と禁断の風があり、そして巻末には次のような誓いの言葉が記されました――

我々は詩作によって人間の本質を表現する。同時に、詩の美しさを追求する。そのために、自分の身体を含めた現実への冷徹な観察をもとに、内なる叫びを言語化する。このとき、批評的視座をもって現実を見つめることで、詩は、苦しい現実からの逃避先としてではなく、人間を見つめなおす場となる。

社会や自らに対する懐疑と怒りが詩作欲求として存在しているのであれば、人間再考の先に、よりよき生を見出すだろう。あるいは、宗教規範が絶対的ではなくなった近代以降において、人間を探究する詩は、人々の拠り所となるだろう。

詩とは、祈りである。祈りは、美しい。そして、美しさは、魂を清める。

ゆえに我々は、美しさを追求する詩によって、人間の本質を表現することをここに誓う。

ここがはじまりです。以来、同人との創作合評、砥礪切磋なしに、このように詩集になることはなかったと思います。『立彩』に関わる全ての方々への感謝の意をここに書き記しておきたいと思います。

そしてなにより、七月堂社主の後藤聖子氏、編集部の知念明子氏、ならびに装丁のワタナベキヨシ氏のお力添えがなければ、本書刊行には至りませんでした。心より感謝申し上げます。

二〇二三年九月

著者識

■初出一覧

停留所にて	『立彩』第三号（二〇一三年三月）
待合室	同右
焚火（旧題「今はもうない」）	『立彩』特別号（二〇一三年三月）
ひと知れぬ	同右
風旅	『立彩』第四号（二〇一三年八月）
ふるえる	同右
こもれび	同右
逢瀬	同右
夜魚月夜	『立彩』第五号（二〇一四年三月）
ブローティガンによせて	同右
熟れた桃	『立彩』第六号（二〇一四年八月）
夢の子	同右
墓碑銘（旧題「異物」）	『立彩』第十一号（二〇一七年三月）
金色の月が――ディキンソンによせて	『立彩』第十二号（二〇一七年九月）
わたしを探して	『立彩』第十三号（二〇一八年三月）
見棄てられた手（旧題「果てに」）	『立彩』第十五号（二〇一九年三月）
優しい光――カーヴァーにならって	同右
春の余剰（旧題「ただひとり」）	『立彩』第十六号（二〇一九年九月）
哀歌	同右

車窓から　『立彩』第十七号（二〇二〇年三月）
夜の音（旧題「命の音」）　同右
夏の庭　同右
十二月闇——北村太郎にならって　同右
風が吹いている——山尾三省にならって　『立彩』第十八号（二〇二〇年九月）
手紙　同右
おわること　『立彩』第十九号（二〇二一年三月）
死者の肖像　同右
青さの中に　同右
そして今ぼくは死について　同右
日曜日（旧題「日曜日の死」）　『立彩』第二十号（二〇二一年九月）
残り　同右
東北の港町（旧題「港町にて」）　同右
夜を乗り越えて　同右
アウトサイダー　『立彩』第二十一号（二〇二二年三月）
新築九区画　同右
死者の陰影　同右
月明かり——石原吉郎によせて　『立彩』第二十二号（二〇二三年三月）
空き瓶　同右
異国のコインランドリー　同右
間《あわい》　同右

著者紹介

関根全宏（せきね・まさひろ）
一九七九年栃木県生まれ。アメリカ文学者。立教大学大学院文学研究科英米文学専攻博士課程後期課程修了。現在、東京家政大学人文学部准教授、詩誌『立彩』編集人。著書に『〈交感〉自然・環境に呼応する心』（共著、ミネルヴァ書房）他。

死者と月

二〇二三年一一月五日　発行

著　者　関根全宏

発行者　後藤聖子

発行所　七月堂
〒一五四—〇〇二一　東京都世田谷区豪徳寺一—二—七
電話　〇三—六八〇四—四七八八
FAX　〇三—六八〇四—四七八七
july@shichigatsudo.co.jp
印　刷　タイヨー美術印刷

製　本　あいずみ製本所

ISBN 978-4-87944-551-3 C0092